我的真实动物朋友

羚羊的狮子妈妈

[意] 萨拜娜·科洛雷多　文
[意] 安纳博纳·代尔·内沃　图
杨雪　译

SPM
南方出版传媒
新世纪出版社

凤凰阿歇特
hachettephoenix

·广州·

图书在版编目（CIP）数据

羚羊的狮子妈妈 /（意）科洛雷多文；（意）内沃图；杨雪译. —广州：新
世纪出版社，2017.3（2019.1重印）
（我的真实动物朋友）
ISBN 978-7-5405-9611-8

Ⅰ. ①羚… Ⅱ. ①科… ②内… ③杨… Ⅲ. ①儿童文学—图画故事—意大
利—现代 Ⅳ. ①I546.85

中国版本图书馆CIP数据核字（2015）第194597号

Il coraggio di Thumper

© 2010 Edizioni EL - via J. Ressel, 5 – San Dorligo della Valle (TS) – Italia
Simplified Chinese Translation Copyright © 2017 Hachette-Phoenix Cultural
Development (Beijing) Co. Ltd.

Published in cooperation between Hachette-Phoenix Cultural Development (Beijing)
Co. Ltd. and Guangdong New Century Publishing House Co., Ltd.

Text by Sabina Colloredo
Original cover and illustrations by Annapaola Del Nevo
All rights reserved.

版权合同登记号：19-2015-195号

Lingyang De Shizi Mama
羚羊的狮子妈妈

出版发行：新世纪出版社
　　　　　（地址：广州市大沙头四马路10号）
经　　销：全国新华书店
印　　刷：北京博海升彩色印刷有限公司
　　　　　（地址：北京市通州区中关村科技园通州园金桥科技产业基
　　　　　　地环宇路6号）
规　　格：16　889mm×1420mm
印　　张：3.5
字　　数：25千字
版　　次：2019年1月第1版第2次印刷
定　　价：17.00元

质量监督电话：020-83797655　购书咨询电话：020-83792970

目录

　　这个真实的故事发生在非洲的肯尼亚，桑布鲁国家公园。

1

不听话的狮子姑娘

卡姆是一头年轻的母狮子，它长着一双蜜色的眼睛，皮毛很光滑，嗓音很**洪亮**。

"赶紧找个男朋友，"散步的时候，妈妈对卡姆说，"然后就快点儿结婚、生孩子，你都多大了！你看看，你的朋友们都成家了！"

卡姆没有回答，虽然它身边的追求者不少，但它都不喜欢。它们不是太老成，就是太幼稚。对卡姆来说，要找个男朋友根本不是问题，所以它一点儿都不着急。现在，它最喜欢的事情是捕猎、冒险，还有和豹子们打架！它没有时间去想结婚的事情！

妈妈在风中竖起耳朵，摆出一副过来人的样子，一直催它。妈妈们都不明白：为什么年轻的姑娘们都不着急呢？

"快看下面！"卡姆打破了**沉默**，"是斑马群！"

只见山脚下的灌木丛旁，一片"金色的云"在快速移动，那是斑马群奔跑时扬起的沙尘。

卡姆站起来，向空中跳去。

"真的是斑马！"它

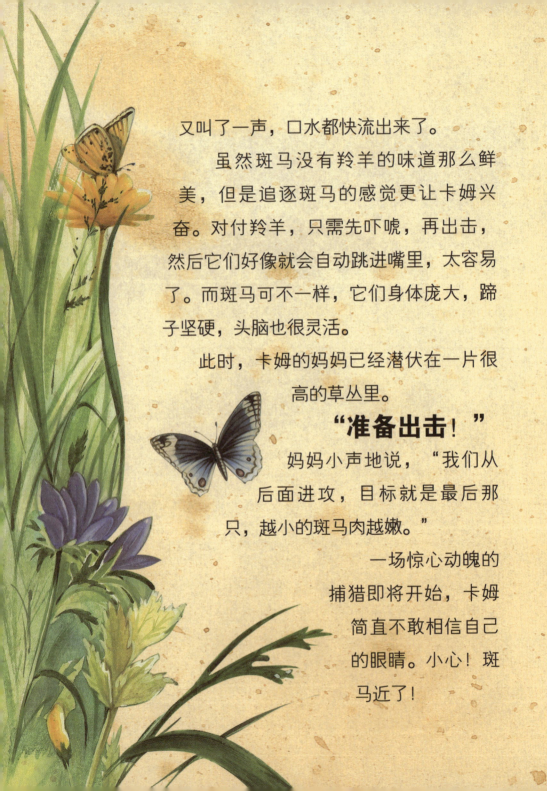

又叫了一声，口水都快流出来了。

虽然斑马没有羚羊的味道那么鲜美，但是追逐斑马的感觉更让卡姆兴奋。对付羚羊，只需先吓唬，再出击，然后它们好像就会自动跳进嘴里，太容易了。而斑马可不一样，它们身体庞大，蹄子坚硬，头脑也很灵活。

此时，卡姆的妈妈已经潜伏在一片很高的草丛里。

"准备出击！"

妈妈小声地说，"我们从后面进攻，目标就是最后那只，越小的斑马肉越嫩。"

一场惊心动魄的捕猎即将开始，卡姆简直不敢相信自己的眼睛。小心！斑马近了！

卡姆兴奋极了，浑身充满了力量。它已经等不及了，迅速向斑马群冲过去。

"你要干什么？等等我！"妈妈喘着气喊道，"斑马群太大了，你一个人应付不了，太危险！"

卡姆根本没有听到妈妈的**警告**，它一跃而起，跳过了带刺的灌木丛。斑马的味道越来越近，让它胃口大开。狂风在耳边呼啸，卡姆把肚子贴在地上向前奔跑，一切都太完美了！

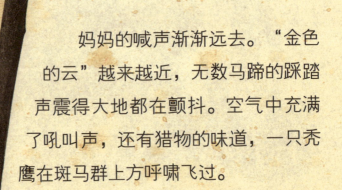

妈妈的喊声渐渐远去。"金色的云"越来越近，无数马蹄的踩踏声震得大地都在颤抖。空气中充满了吼叫声，还有猎物的味道，一只秃鹰在斑马群上方呼啸飞过。

卡姆兴奋得忘记了所有的危险，它怒吼着冲进了斑马群。

看到突然闯进的狮子，斑马们吓得四处逃窜，无数条腿在地上打转儿。卡姆不得不在斑马群中钻来钻去，以免被斑马踹到，但是扬起的沙尘迷了它的眼睛。

卡姆失去了**平衡**，肚子上被踢了一脚，它疼得跌倒在地上，不停地打着滚儿，什么都看不到了……

跌倒意味着死亡。

斑马们重新集合，又开始奔跑，发出一阵阵嘶鸣。

卡姆躺在地上，看着一匹匹斑马的肚子从自己脑袋上掠过。它把腿蜷了起来，就算是死，它也要盯着这群傻斑马。在这场以数量取胜的较量中，它输定了。卡姆咆哮了一声，想把它们吓走。但是领头的斑马知道：年轻的卡姆不仅没有经验，而且还受伤了。所以，斑马们根本不理会卡姆，它们发出刺耳的叫声，踩着卡姆的头奔驰而过。

这时，卡姆想到了妈妈，它多想再看妈妈一

眼，它多后悔没有听妈妈的话，鲁莽地闯入斑马群。它又想起了自己小的时候，经常在妈妈的爪子间翻滚玩耍，依偎在妈妈**柔软**的怀抱里不想起来……

"妈妈……"它喃喃地说。

这时，卡姆被斑马踢到了路边，一个坚实的身躯靠近了它。

"妈妈？"

"还能有谁？我能扔下你不管吗？"

卡姆没想到还能再见到妈妈。

狮子妈妈的眼里充满了愤怒，毛发直立，露出锋利的牙齿。

　　"现在，和我一起再冲进斑马群里去！"
妈妈说着，还用尾巴打了一下卡姆的脸，"真
是气死我了！"

　　卡姆犹豫着，一动不动。

　　"快点儿！你应该大吼一声，然后直接跳
起来，咬住最后那只斑马的喉咙！快按我说的去
做！"很快，妈妈的怒吼声消失在一片喧嚣中，
卡姆跟着妈妈，陷入了一场**恐怖**的厮杀中。

2

妈妈不会回来了

卡姆浑身疼得要命，爪子剧烈地**颤抖**着，几乎控制不了自己。它的肚子被斑马踢了一脚，现在像火烧一样难受。

它蹲坐在石头上，默默地待在那里，望着远方的山丘，疲惫和疼痛使它不停地发抖。

　　卡姆在等妈妈。在那场厮杀中，它和妈妈被斑马群冲散了。它只记得妈妈替自己挡了一记斑马的蹄子，然后就不见了。

　　夜晚的空气凉凉的，**嘶鸣声**四起，那是斑马们在悲痛地呼喊。对于肉食动物来说，这样的声音恰恰是它们最想听到的。

　　广阔的草原上，随时上演着生存与死亡的故事。卡姆很清楚：生与死只是一瞬间的事情。但是此刻，心灵和肉体的疼痛让它觉得比死还难受。

　　"别等了，没用的！"一个声音在黑暗中响起，"你妈妈永远不会回来了。"

卡姆跳起来，
发现和自己说话的是
一头年长的狮子，它的眼睛在黑
暗中闪烁着智慧的光芒。

　　"妈妈们会为了孩子牺牲自己。"
这头狮子继续说，"这就是你今天应该
学会的**道理**。"老狮子的声音中没
有一丝责备。

　　"我妈妈不会死的。"卡姆没有看它，直接
回答，"它一定在享用美味的斑马肉呢。"

　　年长的狮子没理它，继续说："明天一早，
我们这个狮群就会离开，你得跟我们一起走。河
水快干了，接下来很难找到食物。"

　　"我才不跟你们走，我要等妈妈回来。"

　　"傻瓜！"这是卡姆哥哥的声音，它是一个
狂妄自大的家伙，"要不是你，我们也不会失去
妈妈这个捕猎高手。"

　　卡姆感觉心被撞了一下。

"什么捕猎高手，那是我们的妈妈！"

"你也知道是妈妈，太晚了吧！"哥哥怒吼道。

这时，远处传来一声巨大的吼声，是卡姆哥哥的女朋友，它正拖着一只羚羊幼崽走过来。卡姆的哥哥向后退了一步，然后猛冲过去，狠狠地咬死了那只小羚羊。

卡姆把脸扭到一边。

地平线消失在**黑暗**中，妈妈永远不会回来了。

　　卡姆知道，那头年长的狮子说得对。但是自己不能从岩石上下来，下来就意味着放弃，所有的希望都没了。

　　现在该怎么做，没有了妈妈，它需要自己做决定。那个总是在它耳边唠叨个没完、让它干这干那的妈妈再也不会出现了。

　　如果离开**大岩石**，就意味着它这一晚上都白等了。

　　生活还要继续，只能往前看。

3

离开狮群

天渐渐亮了，太阳像个**大火球**，照耀着大地。

卡姆待在狮群的后面。它知道：如果狮群一直向西走，就可以找到水和食物。

没有狮子敢靠近卡姆，因为狮群首领下了严格的命令：要是卡姆不想加入它们，任何狮子都不可以勉强它。卡姆默默地看着其他狮子，显得美丽而高贵。

　　一头脏兮兮的小狮子走出队伍，它的爪子还没长大，走起路来摇摇晃晃的。

　　"你为什么不和我们一起走呢？"小狮子有点儿埋怨地问道。

　　卡姆**温柔**地看着它，小家伙儿蹭了蹭卡姆的鼻子，眼睛清澈而无辜。

　　"我要等我的妈妈猎食回来。"卡姆轻声地解释道。

　　小狮子看上去有点儿疑惑。

　　"我妈妈说，你的妈妈已经死了，是被斑马踢死的，而这一切都是你造成的。"

　　"你妈妈说得没错。"卡姆小声说，"小东西，一定要记住，妈妈的话总是对的。"

　　狮群中的公狮们看了卡姆一眼：如果不跟着狮群，对卡姆来说，未来会很危险。对于公狮们

　　来说，如果以后再也见不
到卡姆，那将是一件很可惜的事情。

　　"以后你要怎么办？"小狮子还在问。

　　"也许会去追你们吧。"卡姆回答。

　　小狮子的妈妈把小狮子拉了回去。

　　"等我长大再回来找你，"小狮子的声音从
远处传来，"你长得真漂亮！"

　　卡姆微笑了一下。

　　当最后一头狮子消失在地平线的时候，卡姆
突然感到一种从未有过的**自由**。

不需要再服从命令。

不需要在公狮们面前害羞地低头。

卡姆不怕**孤独**，它知道，在这片草原上，
永远不会只有它自己。

4

成年的母狮

几年过去了，卡姆已经是一头成年母狮了，不仅有着美丽的**容貌**，身体也像公狮一样强壮。

卡姆的家就在它等待妈妈的那块大岩石附近，那里离河不远，渴了就可以去喝水，离斑马群经过的山丘也不远。

卡姆现在是个捕猎高手，猎物很难从它的爪

子底下逃脱。

除了斑马，没有什么东西能对卡姆产生影响。直到现在，斑马味儿还是让它感到恶心。

独自生活的卡姆已经成为桑布鲁草原的传奇，经过那里的公狮们都忍不住向它求爱。

公狮们大声**咆哮**，竖起鬃毛，还故意与豹子搏斗。总之，它们用各种手段来吸引卡姆。但是卡姆根本不动心，它谁都不需要。饿了，它就独自去捕猎，渴了就去河边，剩下的时间什么都不干。

现在的生活对卡姆来说，更像是一场心灵之

旅，这种感觉很好。但是它知道，暴风雨来临之前，天空总是寂静而阴暗的。就像它现在的生活，虽然平淡，但一定会有一件重大的事情，正在酝酿当中。

有时，卡姆会想起妈妈，它觉得欠妈妈很多，是妈妈用死换取了它的生命。

这天，太阳**火辣辣**的，卡姆把头枕在腿上，它打着哈欠，很快就睡着了。

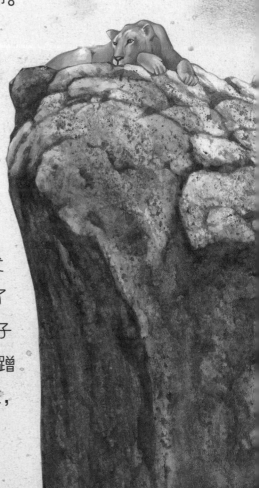

午睡时光总是那么的美好，此时，草原上其他猛兽也和它一样，都在睡觉吧。

突然，沉睡中的卡姆感到有东西在爬，爪子也奇怪地发痒，它忍不住来回抓挠。过了一会儿，痒的感觉又转移到肚子上，卡姆侧过身，在地上蹭了蹭肚皮。谁知，脚底下又开始痒，它又用尾巴扫了几下。

终于，它还是被弄醒了。

卡姆正想反击，却听到了**呜咽**的声音。它发现身边有一只羚羊幼崽，看上去小小的，身上脏脏的。小羚羊安静地看着卡姆，还用鼻子在它身上来回蹭。

"妈妈……？"小羚羊喃喃地叫道。

"不可能，我是在做梦吧。"卡姆想。

它斜眼看了一下，觉得也许是刺眼的太阳和自己开的玩笑。卡姆做了一次深呼吸，再次睁开眼睛，发现小羚羊还在，正生气地盯着自己。

"妈妈，你睡够了吗？"小羚羊**抱怨**道。

说完，小家伙就把鼻子伸到卡姆的肚皮下，

使劲往里蹭。

5

羚羊宝宝

卡姆吃惊地看着这个小家伙，它显然是在找奶吃。羚羊天生是狮子的猎物，每当看到狮子，都会吓得四处逃窜，难道世界颠倒了？

"我饿了，妈妈！"小羚羊哀叫一声。卡姆突然感到一股**暖流**贯穿全身，那是一种甜蜜的感觉，让它无法抗拒，呼吸也变得有点儿急促。

卡姆想都没想，它侧过身，让小家伙的头贴近自己的胸部。

　　小羚羊开始拼命地吸吮，当然，什么都没有。卡姆没有生过孩子，所以也没有乳汁。小羚羊把头缩了回来，盯着卡姆看。此时的卡姆，眼里满是**爱意**，不由自主地发出愉快的哼哼声。

太阳强烈的光线渐渐变弱，不远处，汩汩的河水欢快地流淌着。

卡姆伸出舌头，舔着小羚羊。小家伙的味道很鲜美，每舔一下，卡姆都忍不住**哆嗦**一下。过了一会儿，小羚羊蜷缩着睡着了。

卡姆看着小羚羊，它虽然瘦得皮包骨，却很可爱，得赶紧给它找点儿吃的，否则很可能会饿死的。此刻，卡姆满脑子想的都是这只小羚羊，就好像它们是一对相依为命的母女似的。

这时，周围似乎有动静，情况有点儿异常，有危险！

一只豹子趴在大树上，正凶狠地盯着小羚羊。看到小羚羊身边有一头狮子，豹子从弯曲的树干上爬下来，和它们保持着安全距离。

小羚羊的味道让豹子有些发狂，美味就在眼前，却吃不到，这种痛苦实在难以忍受。

"你要干什么？"卡姆吼道，然后把小羚羊

紧紧地护在身下，肌肉绷紧，随时准备战斗。

"干我该干的！"豹子咆哮道。

"你想把它吃掉？"卡姆凶狠地问。

"不关你的事！"

豹子是草原上最危险的肉食动物，因为它们既能跳到空中，也能潜伏在陆地上袭击猎物。更可怕的是，它们从不轻易放弃猎物。

"你总要睡觉，还要去猎食，去找水喝。要知道，你是不可能寸步不离地守着它的。再过几天或几个星期，小羚羊也长大了，味道会更鲜美。到那时，只要你一离开，我就会好好地享用它。"

卡姆感觉一股巨大的**恐惧**向它袭来，让它无法呼吸。

"那你就试试看！"卡姆勇敢地说。

"好吧，你迟早会看不住它的。"豹子说完，甩了甩尾巴走了。

6

快乐的母子俩

卡姆虽然是凶猛的肉食动物，但心地却很善良。

其实，它并不想给自己惹麻烦，但是小羚羊的出现却仿佛跟它开了个玩笑。现在卡姆不仅是一头母狮，还是一个**妈妈**。它一点儿不在乎这只无助的小羚羊是从哪儿来的，妈妈是谁，以及之前发生了什么事情。卡姆只知道：这只小羚

　　羊现在属于自己，自己的任务就是照顾它、抚养
它、保护它。当然，这可不是一件轻松的事情。

　　草原上有无数只饥饿的豹子，而卡姆却只能
靠自己。

　　"我们去河边吧，"卡姆对小羚羊说，"去
找能代替奶水的东西。"

　　小羚羊很信任地跟着卡姆来到了河边。卡姆
把它带到绿油油的嫩草地上，小家伙用鼻子闻
了闻，就开始吃了起来。卡姆寸步不离地陪在它
身边，它们又来到河边，卡姆只喝了一点儿水，

　　小羚羊却大口大口地喝了好多。这么多天以来，小家伙一定是又渴又饿，现在要赶紧把肚子填满才行。

　　终于吃饱了，小羚羊开始疯玩。它走几步就躺在地上，四腿朝天。

　　卡姆夹住它的腿，在它的肚皮上抓痒痒。

　　小家伙**开心**极了，虽然被抓挠得有点儿疼，但它根本不在乎。

　　"得给你起个名字。"卡姆小声说，然后把小羚羊放到自己的背上，朝家的方向走去。

"咩咩怎么样？"小羚羊没有回答，它已经睡着了。

母狮卡姆收养小羚羊的故事，很快传遍了整个大草原。动物们没听过，更没见过这么有意思的事情。谁都知道：羚羊和狮子在一起是很危险的。

自然界有它的法则，各种生物都按照法则生活。也就是说，羚羊见到狮子一定要跑，狮子见到羚羊就必须要追，而且抓到就马上吃掉。

生命就是这样，不停地**循环**。如果有一天，豹子爱上了长颈鹿，斑马给鳄鱼喂奶，那么，这个世界会变成什么样子？

"卡姆就是很古怪，我早就说过……"母狮们小声嘀咕，流言在狮群间传播。

"小羚羊被控制住了……"羚羊们这样认为。

　　"一定要采取行动！"两个兽群的看法是一致的。

　　太阳**照耀**着广阔的大草原，所有的动物都在热闹地谈论此事。

7

哥哥来了

"不能这样！"卡姆一直在教咩咩，"低头吃草的时候，眼睛一定要盯着风吹来的方向。只有这样，野兽靠近时，你才能闻到它们的味道，然后在第一时间逃跑。"

咩咩抬起鼻子，**崇拜**地看着卡姆。咩咩的皮毛如丝绸般光滑，蜜色的眼睛和狮子妈妈的一样，它的身体变壮了，腿也变粗了。

"妈妈，你真漂亮！"咩咩对卡姆说。

卡姆的心都快融化了，它走到咩咩的面前，轻轻地舔着它。但很快，它就停住了，草原上传来雷鸣般的吼声，它们还没来得及逃跑，四头大公狮就已经来到它们面前。卡姆有丰富的自我保护经验，它闪电般地把小羚羊塞在肚子下。

"你在想什么？"卡姆的哥哥问。

没错，卡姆的哥哥也在这群公狮中。它的鬃毛长长了，眼睛散发出可怕的**光芒**。现在，它已经成为狮群的领袖。

"你走了这么远的路回来，就是为了质问我这个？"卡姆说。

"别废话，赶紧把那只羚羊交给我！"哥哥吼道，"真够荒唐的，赶紧结束这一切！"

咩咩躲在卡姆的腿间，吓得浑身发抖。

"这是我自己的事，和你无关。"卡姆说道，"为什么不能让我安静地生活？"

"你疯了吗？这件事我管定了，无论付出什么代价！"卡姆的哥哥看起来可怕极了，咩咩无助地**呻吟**着，卡姆却没时间安慰它。

卡姆用另一只眼睛看着其他三头狮子，此刻，它们正站在石头后面，观察着眼前的情况。

"你这是带了一个乐队吗？"卡姆气得浑身发抖，咆哮道，"四头公狮对付一头母狮和一只小羚羊，你们还真是草原上的英雄啊！"卡姆的话很刺耳。

"我一个人就能处理！"卡姆的哥哥吼道。

其他几头狮子轻松地叹了口气。它们并不想参与这次惩罚。虽然卡姆的行为有点儿疯狂，但它毕竟是一头很漂亮的母狮。更何况，欺负女孩儿并不是件光彩的事，它又没做错什么。

"你总是惹麻烦！"哥哥还在**训斥**卡姆，"真是狮群的耻辱！现在够了，我最后一次警告你，把那只羚羊交给我，你还有条活路，否则你们俩都活不成。"

卡姆感觉到咩咩呼吸困难地靠在自己的腿上，吓得满头大汗，毛都湿透了。

卡姆想告诉咩咩：不要怕，妈妈在这里。但是它喉咙发紧，什么也说不出来。

整个草原沙沙作响，稀疏的草地呈现出金黄色。太阳已经落山，远处的山丘变得模糊，整个

世界一片**寂静**。作为草原上的一员，咩咩有权利享受这一切。

卡姆紧盯着哥哥那双可怕的眼睛，发出一声怒吼。

红色的落日余晖下，一场角斗拉开了帷幕……

8

回家

现在，卡姆和咩咩生活的岩石附近已经空了。

太阳依旧升起，闪耀着五彩的光芒。一切看起来都是老样子，但又有点儿变了。如果仔细观察，还能看到石头上有残存的血迹。豹子依旧无聊地在树上休息，不停地打着**哈欠**。自从卡姆

和咩咩离开后，它的生活也变得死气沉沉的，每天就是捕猎、休息、运动，然后再去捕猎。它很怀念以前的日子，那时它总是盯着那对奇怪的母子，等待时机想把小羚羊一口吃掉。但这一切都过去了，桑布鲁草原又恢复了往日的**平静**。

一只长颈鹿正在河边喝水，豹子匍匐在地，准备发起攻击。

"这才是正常的生活。"豹子舔着胡须想。

在几公里之外有一片山丘，上面到处都是**岩石沟壑**，很容易藏身。

那天，卡姆打败了哥哥，然后带着咩咩来到了这里。现在，它和咩咩已经躲藏在这里生活了好一段时间。

咩咩已经长大，成为一只漂亮的母羚羊，有着和妈妈一样令人羡慕的外貌。

"来了！"卡姆嗅了嗅，"感觉到了吗？是羚羊群！"

大地在微微地**颤抖**。

咩咩没有回答，它跳到了妈妈身边。

羚羊群正从山丘下飞奔而过，它们的目的地是西边的河流。

"记住我说的话，回到羚羊群后要靠近小羚羊和母羚羊，因为狮子袭击的对象一般都是公羚羊，这样才能避免危险。"

卡姆一直看着咩咩，很舍不得它。

"走吧，现在就走。"卡姆喃喃地说。

咩咩还是没动。

"我们都说过多少次了，小家伙，你已经长大了，现在应该回到你的同类中去生活。"

“我不能让……”咩咩叹息着，没有把话说完。

“没准哪天我们还会相见的。”卡姆安慰它说，但是它们俩都知道：这是不可能的。

“我就在这儿等着，你回到这里就能找到我。”卡姆说。

空气中满是灰尘，卡姆眯着眼睛，不住地咳嗽。

“快走吧！”卡姆难过地**咆哮**着，说完就转身慢慢地朝山上走去。它的脚步沉重，好像世界上所有的重量都加在了它的背上。

"妈妈！"咩咩大声呼喊。

卡姆没有回答，也没有转身。它知道，如果它这么做了，咩咩肯定舍不得走。接着，它听到沙沙的奔跑声，眼睛的余光看到咩咩向羚羊群冲过去，回到了队伍中间。

看到女儿安全了，卡姆终于松了口气，但愿咩咩能永远**幸福**地活着。而自己，可能也会找一头公狮，然后生下小狮子吧，生活不就是这样吗？

卡姆蜷缩在石头上，什么都不想思考。

太阳已经落山了，一切都结束了。

草原又恢复了寂静。

这一天，卡姆回到住处，忽然听到石头间好像有动静。它走过去，发现又是一只小羚羊，腿一瘸一拐的。这是一只小公羚羊，它也许是走失了，也许是母羚羊临死前把它藏在了这里。

小羚羊看见卡姆，并没有**害怕**地逃走，而是摇着尾巴，蜷着身子趴在地上。

卡姆的心又软了，虽然它不想再承担责任，不想再经历太多的快乐与痛苦，太多的得到与失去，但是眼前这个小家伙的确受伤了，需要照顾，否则很可能会死去。

卡姆想了想妈妈此刻可能会说的话。

"你在等什么？还在犹豫什么？作为一头母狮，怎么能没有孩子？"

卡姆明白了，也许这就是自己的**宿命**。

空气中散发着芳香的味道，卡姆背起小羚羊，再次出发。

母狮卡姆的现状

　　卡姆，在桑布鲁语中的意思是"赐福"。到目前为止，母狮卡姆已经收养了三只小羚羊。很多游客不远万里来到非洲，只为了目睹这一"奇观"。